I0551563

LES SAUVAGES CIVILISÉS,

OU

LE ROI BIENFAISANT,

OPÉRA NATIONAL,

Préfenté à l'Académie Royale de Mufique.

EN TROIS ACTES, ET EN VERS LIBRES.

La Nation doit être confultée,
Avant qu'un éternel lien
De cette paix faffe une loi facrée.
C'eft le droit de tout Citoyen.
Act. III, Sc. II.

PARIS,

Chez GODEFROY, Libraire, quai des Auguftins,
No. 43.

---

31 Juillet 1789.

AVERTISSEMENT.

Les Sauvages Américains ne reſſemblent pas mal aux François policés. Les caractères ne feront pas difficiles à faiſir, ainſi que le plan de l'ouvrage. Qui, par exemple, dans les Oſages ne reconnoîtra pas les Ariſtocrates, & dans Roanoke la véritable Nobleſſe de cet Empire ?

Voltaire a dit : *Le premier qui fut Roi, fut un Soldat heureux.*

Mais au troiſième acte, on verra que ce beau vers ne ſervira plus qu'à peindre le Génie qui l'enfanta.

Le cri du Roi à Cherbourg, *Vive mon Peuple, Vive mes Enfans !* Ce cri, qui fit connoître le Monarque à tout ſon

A ij

Peuple; est précieusement enchâssé dans ma Pièce. Puisse-t'elle contribuer à la liberté, au bonheur des Rois, & à la tranquillité de mes chers & respectables Concitoyens.

Le produit net d'un tiers sera remis, par l'Auteur, au très-honorable Colonel-Général des Milices Parisiennes, M. le Marquis DE LA FAYETTE, qui sera prié de faire remettre cette somme aux Familles qui ont perdu de leurs Membres à l'attaque de la Bastille.

PERSONNAGES.

LOUISE, femme d'Artamon, Chef des Chérokis, mort dans un combat contre les Illinois.

IDAMIR,
ESRAIM; } fils d'Artamon.

FLORIDA, Illinoise, sauvée par Louise & sa fille adoptive.

OTAMBO, Chef des Vieillards Chérokis. Les Anciens font les Pontifes de ces Sauvages.

ALPHANOR, fils d'Alphanor, Chef des Illinois, qui a péri dans le combat, ainsi qu'Artamon.

VIEILLARDS, GUERRIERS & FEMMES des Chérokis, onze ILLINOIS, GUERRIERS, OSAGES.

La Scène est auprés de Chérok, bourgade principale des Chérokis, en Amérique.

A iij

DÉCORATION DU PREMIER ACTE.

L'AURORE. Vaſte terrein, inégal, bordé d'arbres de l'Amérique.

A droite, ſur l'avant-Scène, tronc d'arbre qui ſupporte un trophée d'arcs, de flèches & de caſſe-têtes.

A gauche vis-à-vis, fontaine jailliſſante d'un rocher, où ſont ſuſpendus des rames, des calumets & des coquillages.

Au centre, pierre triangulaire, haute de deux pieds.

Dans le fonds, montagne à gauche, vaſte horiſon à droite.

Le village de Chérokis, ſitué au pied de la montagne s'élève de gauche à droite.

Calumet de guerre, rouge orné de plumes noires.

LES SAUVAGES CIVILISÉS,

OU

LE ROI BIENFAISANT.

OPÉRA.

ACTE PREMIER.

SCÈNE PREMIÈRE.

OTAMBO, ESRAIM, GUERRIERS, FEMMES, VIEILLARDS.

(Les cabanes s'ouvrent ; trois lignes, la première composée de Guerriers, la seconde de Vieillards, la troisième de Femmes, sortent majestueusement du Village.)

Oᴛᴀᴍʙᴏ *posant sur la pierre le calumet de guerre.*

(Au Soleil.)

O BIENFAITEUR de ces climats sauvages !
Toi qu'en tout temps & sous des noms divers ;

L'homme adora, toi le père des âges;
Brillant Soleil, auteur de l'Univers,
A tes Enfans accorde la lumière;
Des Illinois appaise les fureurs,
Rends l'Epoux à l'Epouse, & le Frère à son Frère,
La paix à nos foyers, & l'Amante au bonheur.

CHŒUR DE FEMMES.

De nos Guerriers hâte donc le retour,
    En leur faveur décide la victoire.
Ah! puissions-nous, avant la fin du jour,
    Voir Artamon couvert de gloire,
    Se reposer dans le sein de l'Amour.

OTAMBO *effrayé.*

(On entend dans le lointain des cris & une marche
militaire.)

    Des Illinois entendez-vous les cris ?....
    Leur musique sombre & sauvage
    Nous annonce des ennemis
    Prêts à s'abreuver de carnage.

CHÉROKIS.

    A leur rage,
    Opposons notre courage.

VIEILLARDS.

Soyez dignes de vos Aïeux !

ESRAIM *aux Vieillards.*

Le partage
De votre âge
Est de prier les Dieux..... (*Otambo &*
les Vieillards graviffent triftement
la montagne.)

(*Aux Chérokis.*)

Vendons cher notre vie,
Difputons nos foyers au féroce Illinois ;
Efraim périra, mais avec la Patrie.....
Embufquons-nous dans ce bois,
Réduifons aux abois
La cohorte ennemie.

SCÈNE II.

ACTEURS PRÉCÉDENS, IDAMIR & GUERRIERS CHÉROKIS, ALPHANOR, ROANOQUE, onze ILLINOIS, LOUISE, FLORIDA.

Guerriers Chérokis nuds, ceintures de palmes, arcs, carquois, casse-tête, défilent trois à trois de la droite, & s'y développent sur une ligne. Si-tôt qu'ils sont formés, ceux de la gauche, poussant un cri, sortent en mesure, sur une seule ligne, entre les arbres, la hache levée. Les armes tombent ; ils reconnoissent leurs frères.

Alphanor & ses Illinois se placent devant le trophée de la droite : quatre Guerriers Illinois portent le corps d'Artamon, couvert de fourures & de branches de cyprès, & le posent sur la pierre du centre. Les Chérokis de la gauche & de la droite se rangent & le dérobent à la vue des spectateurs.

Louise & Florida arrivent du côté de la fontaine.

LOUISE.

IDAMIR, ces captifs présagent la victoire.
Sur les fronts abaissés de nos fiers ennemis,
De mon époux brille la gloire ;

Mais je fens que je frémis....

(à Idamir.)

D'un mot diffipe mes ennuis,
Parle, éclaircis ce myftère :
Qu'as-tu fait d'Artamon ? qu'eft devenu ton père ?

I D A M I R, *levant les yeux au ciel.*

Au nom des Dieux, ne m'interrogez pas.

L O U I S E.

Qu'eft devenu ton père ?

I D A M I R.

Trop cruel embarras !

L O U I S E.

Artamon eft-il mort ?

I D A M I R.

O deftin trop funefte !

A L P H A N O R, *rompant la ligne des Chérokis.*

De ton époux voilà ce qui te refte,
De la main de mon père, il a reçu la mort.

C H É R O K I S.

Il ne fuccomba pas, il obéit au fort.

L O U I S E, *à Alphanor.*

Ciel !... je me meurs... Barbare,

Tu viens de me percer le sein?

(*Elle s'évanouit.*)

CHÉROKIS.

Ton supplice se prépare.....

ALPHANOR.

Je vais périr. Ah! quel heureux destin!

SCÈNE III.

ACTEURS PRÉCÉDENS. *Femmes des Chérokis forment un grand cercle autour de Louise ; Idamir, Esraim, Florida sont à ses pieds.*

QUATUOR.

IDAMIR, FLORIDA, ESRAIM.	ALPHANOR.
O! malheureuse mère,	Ce qui les désespère
Ecoute nos accens;	Est pour moi ravissant;
Aux cris touchans,	Ayant vengé mon père,
De tes enfans,	Je meurs, je meurs content.
Reviens à la lumière.	

FLORIDA.

Tu me sauvas des horreurs de la mort,
Tu m'adoptas pour fille ;
Je me comptois de ta famille,
Si tu ne vis, tu me rends à mon sort.

IDAMIR, FLORIDA, ESRAIM, *en trio.*

O malheureuse mère.....

LOUISE, *revenant de son évanouissement.*

Quels sons !.... Quelle douce harmonie !....
Ranime en moi les sources de la vie ?
(*Chérokis par des gestes marquent leur attendris-*
sement.)
Ah ! vous obtenez tout, mon cœur vous est rendu,
Je ne puis résister au cri de la Nature.....
Le Ciel n'a pas comblé de mes maux la mesure !
A vivre pour vous seul ce cœur est résolu.

SCÈNE IV.

ACTEURS PRÉCÉDENS, OTAMBO, DOUZE
VIEILLARDS *portant des calumets de guerre,*
les arbres & la montagne se couvrent de Curieux.

ROANOKE.

CHÉROKIS, pourquoi tant attendre ?
Les enfans d'Illinois vont voler à la mort,
Trop heureux de mêler leur cendre
A celle d'Alphanor.....

ILLINOIS.

Terminez notre sort.

FLORIDA à *Idamir.*

De la vertu que tu m'as fait connoître ;
Sur tous ces malheureux épanche la bonté ;
  (*à part.*)
Je nâquis Illinoise..... Ah ! si l'humanité
Chez les Sauvages pouvoit naître !

IDAMIS *haut.*

L'aimable Florida s'intéresse à leur sort ;
  (*bas.*)
O bonheur ! que viens-je d'entendre ?

ILLINOIS.

  Pourquoi tant attendre
  Ne différez plus notre mort.

ONTARIO.

Il est temps de partir..... Voici l'heure terrible ;
Alphanor.....

ALPHANOR.

    Je l'attends & ne la presse pas.
Mourir sur un bûcher, mourir dans les combats,
  Telle est la fin de la course pénible
De tout Guerrier. Amis, je suis vos pas ;
Aux douleurs, aux tourmens, je suis inaccessible.

OTAMBO.

Qu'on dresse les bûchers. (*Il se fait un mouvement*
      pour conduire les Illinois au supplice.)

IDAMIR.

Arrêtez, Chérokis ;
Qu'en nous ces Prisonniers retrouvent des amis.

OTAMBO.

La volonté des Dieux, nos pertes, la justice,
Exigent le trépas de ces hommes pervers.

LOUISE.

Ah ! si nos Dieux aimoient ce sacrifice,
Ils régneroient sur des déserts.

IDAMIR.

De ces Dieux que créa la féroce imposture,
Les barbares de sang arrosent les autels ;
　　Mais sur l'autel de la Nature,
Le Sauvage innocent protège les Mortels.

OTAMBO.

Le trépas d'Artamon nous demande vengeance ;
　　Pouvons-nous la différer ?

IDAMIR.

Mon père, en expirant, demanda la clémence,
　　Je lui promis de vous la faire aimer.

CHÉROKIS.

Tu nous a tous séduits. Une infernale rage
Cède à l'humanité qui parle par ta voix ;

Nous méconnoissions ses droits ;
Tu viens les rétablir ; nous leur rendons hommage;

OTAMBO.

Ils font tes ennemis.....

IDAMIR.

Eh ! qu'importe ?

CHÉROXIS.

Vivez!

ALPHANOR.

Qu'entends-je, oh! Dieux. Nous, recevoir la vie ;
Recevoir le pardon d'ennemis détestés !
Mais que vois-je ? Quelle infamie !
Mes Compagnons font à leurs pieds!
Idamir, je vivrai. Je pars ; tu vas connoître
Celui que tu viens de fauver ;
Ah! fi jamais je fuis ton maître,
Souviens-toi qu'Alphanor ne fait point pardonner.

IDAMIR.

Oublie qu'Idamir a pu te protéger.

(Il fort fuivi des Illinois.)

SCENE V.

SCÈNE V.

ACTEURS PRÉCÉDENS, *excepté* ALPHANOR,
ROANOKE & les ILLINOIS.

OTAMBO.

DU héros Artamon, l'augufte fépulture,
Chérokis, doit nous occuper ;
Par nos chants de douleur attriftons la nature..?

LOUISE.

Ah! je puis donc enfin pleurer !

CHŒUR.

Artamon, reçois l'hommage,
Qu'on rend à la Divinité ;
Quand des Dieux l'homme eft l'image ;
Comme eux il eft adoré ;
Sil en vient un plus grand, fon culte eft préféré;
Cérémonie des funérailles.

Fin du premier Acte.

B

DÉCORATION DE L'ACTE SECOND.

Dans le lointain, deux montagnes, l'une chauve, l'autre d'une belle verdure, & laissant échapper une source du sommet.

Entr'elles, le fleuve Ohio tombe avec bruit d'une cascade effrayante. Un pont de lianes élastiques, joint au-dessus les deux montagnes. Au pied de l'Ohio, quelques pirogues : ce fleuve couvre la plaine & borde le fonds du Théatre, qui est en gazon.

A la droite du fleuve, à mi-côteau, une cabane appuyée contre un rocher qui pose sur une pointe à terre; sa partie supérieure évasée, sert de cuvette à un ruisseau qui se précipite dans l'Ohio.

Près de l'avant-scène, une statue du Mars des Américains, d'*Areski* sur un piédestal orné de pelleteries.

A la gauche plus reculé, le tombeau d'Arsamon en gazon & orné de fleurs; le trophée de ses armes sur le dessus; & au côté, une large pierre gravée d'hyéroglighes.

ACTE II.

SCÈNE PREMIÈRE.

LOUISE, FLORIDA.

LOUISE, *au mausolée d'Artamon.*

CHER Artamon, daigne m'entendre,
De Louise, en ce jour, appaise les douleurs;
Sur le tombeau de l'époux le plus tendre,
Elle a besoin de répandre des pleurs.

(*Elle se prosterne.*)

FLORIDA.

Victime infortunée!

LOUISE.

De tes enfans éloigne les malheurs;
A vivre de chagrins, si je suis condamnée,
Que de la paix ils goûtent les douceurs!

FLORIDA.

Ah! si j'osois, j'embrasserois ma mère.

B ij

LOUISE, *se relevant & se collant au mausolée.*

Écoute-tu ma fervente prière?

___

SCÈNE II.

ACTEURS PRÉCÉDENS, OTAMBO, IDAMIR.

OTAMBO.

POURQUOI vous replonger dans les plus noirs
    soucis?
Ah! bannissez une funeste image.
Je viens vous apporter les vœux des Chérokis;
    Ils desirent le mariage
    De l'aîné de vos fils.

IDAMIR.

(*à Florida.*)   (*à sa mère.*)
Aimable Florida…… Ah! consentez ma mère…

LOUISE, *à Idamir.*

C'est à vous de lui plaire.

IDAMIR, *à Florida.*

En ma faveur,
Dispose de ton cœur;
Mais ce silence,
Le dois-je à l'indifférence?

FLORIDA, *à Idamir.*

Ah! tu le dois au charme du plaisir!

IDAMIR.

Quelle joie dans mon ame,
Par cet aveu se fait sentir!
Florida partage ma flamme,
A mon sort elle va s'unir.

LOUISE.

(*Idamir & Florida aux pieds de Louise.*)

Que jamais de sombres querelles
Ne flétrissent vos cœurs; soyez toujours constans;
Que vos ardeurs soient éternelles!
Ainsi vous répandrez le bonheur sur mes ans.
Aimez Dieu, la Patrie; écoutés la Sagesse;
Entourés de nombreux enfans,
Vous jouirez d'une douce vieillesse.

SCÈNE III.

ACTEURS PRÉCÉDENS, ESRAIM, GUERRIERS,
CHÉROKIS.

CHŒUR.

IDAMIR, Esraim, remplissés vos carquois,
Qu'Illinos, aujourd'hui, rentre dans les ténèbres,
Peignez-vous des couleurs funèbres
Qui portent la terreur ; que les échos des bois
Frémissent de nos chants de guerre,
Du sang des ennemis, allons baigner la terre,
Sur leurs corps expirans élevons nos pavois.

ESRAIM.

Dieux ! je vais donc, pour la première fois,
Parcourir du guerrier la carrière brillante.

IDAMIR.

Amis, de ces emportemens
Modérés l'ardeur trop bouillante,
Je vous avertirai quand il en sera temps ;
Le jour où brille la clémence,
Est-il bien noble à nous d'appeler la vengeance ?
Il ne faut pas toujours écouter sa valeur,
Allons, de nos vieillards, consulter la sagesse,

CHŒUR

Nous l'avons vu souvent dans les champs de l'honneur,
Ses conseils ne sont pas dictés par la foiblesse.

(*Ils sortent.*)

SCÈNE IV.

ALPHANOR, ALTEMAR, GUERRIERS OSAGES.

Les Osages portent d'énormes casse-têtes ; leurs cheveux peints en rouge sont entrelacés de plumes jaunes & noires. Des serpens & des peaux de tigres leur servent de ceintures-carquois ; d'écorce d'arbre, arcs & boucliers, avec la figure Dareski.

ALPHANOR.

Braves & cher Altemar, tu ne m'as point quitté,
De tous mes compagnons, toi seul m'es resté !
Illinos, en ce jour, consent à l'esclavage,
Et nous sommes réduits au secours de l'Osage ;
De ce peuple qui vit au fond de nos forêts,
Et s'abreuve du sang des captifs qu'il a fait.
Le pardon d'Idamit à fléchi le courage
    Des Illinois ; le front humilié,
Ils portent, dans Chérolk, le signe d'amitié.

B iv

(*Aux Osages.*)
Braves guerriers j'abjure une patrie
Qui n'a plus pour moi d'appas ;
J'abandonne des ingrats
Dont j'ai cent fois fauvé la vie,
Et je me jette entre vos bras.

U n O s a g e.

Tu peux compter fur nos fervices ;
Nous allons oppofer à de vains artifices ;
L'invincible loi du plus fort ;
Nous porterons par-tout le carnage & le carnage

A l p h a n o r a A l t e m a r.

Leur horrible fureur en impofe à ma rage.

A l t e m a r.

Cher Alphanor le fort en eft jeté.
J'eus préféré des nôtres le courage....
Mais d'eux, hélas ! tu fus abandonné.
Ne te fouvient-il plus qu'Illinos t'a chaffé.

A l p h a n o r.

Des lâches Chérokis, cet affront eft l'ouvrage.

A l t e m a r.

Qui pourra t'en venger mieux que le fier Ofage ?

A l p h a n o r.

Dans une heure, au plus tard, la paix doit fe jurer ;

Ici, sur ce tombeau... lisons ces caractères...;
 (*Il lit.*)
Artamon.... Dieux vengeurs!..... Ah ! c'est trop
    m'offenser ;
Ils n'accompliront leurs infâmes mystères.

ALTEMAR.

Sais-tu que ton rival épris d'une étrangère,
    Va dans ce même jour,
    Aux fermens d'une paix sincère,
    Unir les fermens de l'amour.

ALPHANOR.

Tu ne finiras point, jour affreux qui m'éclaire ;
Sans avoir satisfait ma trop juste colère :
Mon père... Ah ! souviens-toi de ton malheureux fils,
Ton Alphanor ne put te fermer la paupière ;
Mais je serai fidèle à ce que j'ai promis.
    Grand Areski (1), vengeur inexorable,
    Divinité toujours impitoyable,
Accours à tes festins, on va verser du sang....
Tes autels vont fumer de plus d'un sacrifice ;
    A mon bras sois propice :
    Les plaintes des mourans,
Des femmes, des vieillards, les vains gémissemens,
    Seront la pompe du supplice.

_____

(1) Le Mars des Américains.

ALTEMAR.

Un courage indiscret & trop précipité,
De succès plus certains a détruit l'espérance....
  Au nom de la prudence,
  Enchaîne ta témérité ;
  Artamon est ici révéré :....
  Vois-tu cette brillante armure ?
(*Il montre celle qui est sur le tombeau d'Artamon.*)

ALPHANOR.

Que prétends-tu ? ....

ALTEMAR.

     M'en décorer.
 Dans ce bois il faut vous cacher.
Laissons signer la paix ; mais lorsqu'à Flotidie ;
Idamir jurera de consacrer sa vie,
Du fonds de ce tombeau tu me verra sortir,
Et d'Artamon imitant l'ombre,
  Je dirai d'une voix sombre :
MINISTRES DE LA MORT, HÂTEZ-VOUS DE PUNIR....
  A ces mots, levez-vous, fondés avec furie
 Sur le peuple épouvanté ;
Alphanor que ta main aux combats endurcie,
Fasse sentir le bras d'une divinité.

ALPHANOR.

D'un aussi grand projet tu n'eus pas la pensée ;
Dans l'ame d'Artemar, elle fut inspirée
Par un Dieu.....

(27)

ALTEMAR, *donnant la main à Alphanor.*

Tu la dois à ma vive amitié.
Ne perdons pas de temps, on pourroit nous connoître.

ALPHANOR.

Ofages, dans ce bois, tenez-vous embufqués;
Dans peu les Chérokis dans ces lieux vont paroître.

(*Altemar va fe cacher derrière le tombeau d'Ar-*
tamon, après en avoir faifi une armure. Alphanor
fe cache dans le bois, derrière la ftatue d'Areski.)

Danfes Américaines.

Même Décoration de lieu qu'au second Acte.

COSTUMES.

IDAMIR. Bleu céleste & or à bandes, carquois d'or, pennons de flèches, blancs.

OTAMBO. Blanc & pourpre ; bonnet de peau blanche, orné de plumes blanches ; soleil d'or sur la poitrine, soutenu par un collier de coquillages ; bâton d'or, surmonté d'un soleil.

ESRAIM. Bleu céleste, avec des fleurs ; carquois d'argent ; pennons de flèches bleues.

LOUISE. Blanc, & feuilles de peuplier ; cheveux épars ; ceinture herminée ; collier de coquillages blancs & roses.

FLORIDA. Argent & rose à bandes ; cheveux entrelacés de plumes blanches ; couronne de roses ; collier & pendans de coquillages roses & blancs ; bras nuds, ornés de coquillages noirs.

ROANOKE. Peau de marthe ; carquois de bois de dentelle, garni d'argent ; pennons de flèches roses ; calumet de corail, orné de plumes, de fleurs & de coquillages.

VIEILLARDS. Comme Otambo, excepté le soleil ; & à la place du bâton d'or, un bâton blanc.

FEMMES. Rose & blanc ; cheveux entrelacés de plumes roses ; couronnes de fleurs blanches ; bouquets d'une main, & portant une longue guirlande.

ILLINOIS. Comme Roanoke, excepté l'argent & le calumet ; des javelots.

CHÉROKIS. Comme Idamir ou Esraim, excepté l'or & l'argent des javelots.

On voit des Chérokis dans des pirogues, aborder le rivage. Ils remplissent le fonds du Théâtre, & la droite & la gauche du fonds. Otambo est sur le premier degré du tombeau, ayant douze Vieillards à ses côtés.

ACTE III.

SCÈNE PREMIÈRE.

OTAMBO, CHŒUR.

OTAMBO au Peuple.

DESCENDANS de Chérok, béniſſez les Deſtins ;
Aujourd'hui vont finir les maux de la Patrie.
La vengeance & la haine, hélas ! l'ont trop flétrie ;
La paix vient aſſûrer le bonheur des Humains.

CHŒUR.

Conſacrons notre vie
A la Paix, à l'Amour ;
Que la Guerre & l'Envie
Diſparoiſſent ſans retour.

OTAMBO.

Qu'on obſerve, en ces lieux, le plus profond ſilence.
D'Illinos les Ambaſſadeurs
Viennent ici propoſer alliance ;
Amis, qu'on les comble d'honneurs.

SCÈNE II.

ACTEURS PRÉCÉDENS, ROANOKE, douze
ILLINOIS, ALTEMAR.

ROANOKE, *portant le calumet de paix.*

NOTRE tribu de l'Amérique,
Braves Guerriers, sages Vieillards,
Trop long-temps une guerre inique
A séparé nos étendards.
Que la vertu soit notre seule idole,
Des Illinois telle est la volonté ;
De la paix, en leur nom, j'apporte le symbole,
Vous la devez à votre humanité.

OTAMBO *aux Illinois.*

La Nation doit être consultée,
Avant qu'un éternel lien
De cette paix fasse une loi sacrée ;
C'est le droit de tout Citoyen.
Nous respectons ici l'honorable vieillesse ;
La valeur sans fierté, la vertu sans éclat ;
Nous demandons conseil à la jeunesse,
On a droit d'opiner, si-tôt qu'on est soldat.

(Le vieillard Otambo descend, recueille les suffrages
& remonte à sa place.)

Le ciel, pour ajouter à la solemnité,
Nous accorde la paix à l'unanimité.... *(L'Assemblée*
lève les mains au ciel.)

O T A M B O, *(prenant le calumet de paix de*
Roanoke & l'élevant vers le ciel.)

Tremblés voisins jaloux, tremblés hordes rivales,
Osages, Iroquois, barbares Cannibales,
   (Avec enthousiasme.)
Les braves de Chérolk, les guerriers d'Illinos ;
Désormais vont former un peuple de héros.

   C H Œ U R. *(On fait la chaîne des mains)*

Astre du jour, reçois notre prière,
Nous jurons, devant toi, d'être unis à jamais ;
Sur l'un & l'autre hémisphère,
   Daigne étendre tes bienfaits ;
   Qu'en Europe & dans ces forêts,
L'homme dans l'homme trouve un frère.

   O T A M B O.

   Attendés tout des Dieux,
   A la vertu soyés fidelles
   Et vous recevrez d'eux
   Des faveurs toujours nouvelles.....
   Qu'aux sermens de la paix succède le plaisir ;

Approches Floridie, & vous cher Idamir.... (*Il les
    enlace dans une guirlande de fleurs & unit leurs
    mains.*)

Généreux Idamir, aimable Floridie,
De l'hymen , avec moi, répétés le serment.... (*Ils
            font censés le prononcer,*)

Que la mort seule délie
Cet augufte engagement ;
Mais s'il étoit contraire au bien de la patrie,
Qu'Artamon , du tombeau, fortant avec furie...:

ALTEMAR (*paroiffant fortir du tombeau.*)

Adopter, fur ma tombe , une cafte avilie,
Déshonorer mon fang par une fête impie ,
Fils ingrats, Chérokis, je ne puis le fouffrir...;
Miniftres d'Areski , hâtez vous de punir.

(*Le Peuple fuit , à l'exception de quelques Ché-
    rokis, qui fe battent en retraite.*)

SCÈNE IV

SCÈNE IV.

LES ACTEURS PRÉCÉDENS, ALPHANOR,
OSAGES, Vieillards CHÉROKIS prisonniers.

CHŒUR DE CHÉROKIS.   CHŒUR D'OSAGES.
Sauvons-nous,   Frappons tous,
Leurs mains lancent le ton-   De sang arrosons la terre,
nerre ;   Assurons nos coups.
Défendons-nous.

IDAMIR A ALPHANOR.

Tu vas être puni, fabricateur d'oracles....
Frappons, n'épargnons pas ces faiseurs de miracles....

ALPHANOR aux OSAGES.

Courage!...Dieux vainqueurs!... profitons de l'effroi,
Que d'Idamir on respecte la vie.

IDAMIR (dont le bras est arrêté par Altemar.)

C'en est fait de Chérok.

ALTEMAR (présentant Idamir à Alphanor.)
Idamir est à toi.

IDAMIR,

Je meurs content, j'ai sauvé Floridie.
Monstre ! ta lâche perfidie

C

A réuſſi ; mais, au fond de ton cœur ;
Car tu n'eſt pas inſenſible à la gloire ;
Tu ſens, cruel, que ta victoire
Imprime ſur ton front le ſceau du déshonneur.

ALPHANOR.

Tu périras.... je le dois à mon père,
A mon pays ingrat, à ma juſte colère :
(*Des Oſages empilent leurs caſſe-têtes devant la
  ſtatue d'Areski ; & préparent le bûcher.*)
Ne crois pas exciter ma généroſité ;
Idamir ; je t'entends, je te vois ſans pitié.

ALTEMAR.

Le ſuccès remplit notre attente ;
Tes ſoldats, dans Chérok, répandent l'épou-
  vante.
Leurs couteaux par la rage avec art appliqués,
Sur le front des mourans enlèvent des couronnes....

ALPHANOR.

Chérok, tes ſuperbes colonnes,
Tes Pontifes & tes Guerriers,
Gémiſſent donc ſous nos lauriers !

IDAMIR.

Tu ne les dois qu'à l'impoſture.

ALPHANOR, *avec mépris & fierté.*

Sont-ils moins beaux ? Va, crois moi, cette injure...
 (*avec férocité.*)
Mais, Altemar, pourquoi ces prisonniers ?
          (*Les Vieillards marchent à pas lents.*)]

ALTEMAR, *montrant les Vieillards.*

Leur blanche chevelure,
Pour des fronts belliqueux, n'est pas une parure.

VIEILLARDS CHÉROKIS.

La mort, la mort n'est qu'un instant,
(*à Alphanor.*)
La gloire nous appele, & l'opprobre t'attend.

ALTEMAR.

Ordonne leur supplice.

ALPHANOR.

Il faut nous occuper d'un plus grand sacrifice...
Idamir, tu m'entends.... qu'on le mène au bûcher.

IDAMIR.

J'y cours.... Apprends comme on doit y monter.

SCÈNE V.

Acteurs précédens, ESRAIM, ROANOKE; CHÉROKIS, ILLINOIS; un triple cordon de Chérokis séparent les Osages de leurs Chefs; les Illinois sortent par le côté du mausolée d'Artamon.

ESRAIM, *sautant au bûcher, & sauvant son frère.*

Non, tu ne mourras point... je viens te délivrer.

ALPHANOR.

O ciel!... suis-je trahi!

ROANOKE, *poignardant Alphanor.*

Tombe à mes pieds, perfide.
Aux manes d'Artamon, je viens de l'immoler.

IDAMIR, *à Roanoke, qui leve le poignard sur Altemar.*

Suspens ta fureur homicide.

ROANOKE, *à Altemar.*

Monstre dénaturé!...

ALTEMAR, *à genoux.*

Accordes-moi la vie....

ROANOKE, *avec mépris.*

Eh! l'as-tu mérité?

SCÈNE VI.

ACTEURS PRÉCÉDENS, FLORIDA, LOUISE; OTAMBO, Peuple CHÉROKIS.

FLORIDA, *accourant dans les bras d'Idamir, après y être restée quelques instans.*

CHER objet que j'adore,
Mon ami, mon époux,
Je te revois encore !

IDAMIR.

Est-il un instant plus doux ?
Je te tiens dans mes bras, charmante Floridie !

FLORIDA.

Est-ce bien toi, toi que j'ai cru perdu ?
(*au Peuple.*)
Ah ! quel bonheur !

IDAMIR.

Ton Amant t'est rendu.

FLORIDA.

Ne quitte plus ton amante chérie.

IDAMIR.

Et ma mère... ah! je n'ose demander...

LOUISE (*accourant.*)

Mon fils, elle vient t'embrasser.

(*montrant les Osages.*)

Pour échapper à leur furie,
Femmes, enfans, Guerriers, nous marchions au
hasard,
Abattus, consternés. Mais ce sage Vieillard,
L'ami de Dieu, conseille à nos Sauvages
De t'arracher des mains des barbares Osages...
Ce projet salutaire est par tous adopté,
Par eux, dans un instant, il est exécuté.
O destin trop prospère!
Otambo t'a sauvé..... il te rend à ta mère.

(*Idamir & Otambo se donnent la main.*)

OTAMBO.

Altemar a causé les maux de la Patrie,
Les Dieux veulent son sang.

ROANOKE.

(*à Altemar.*)　　　　　Nous sommes indignés!...
Tu naquis Illinois, & ton ignominie....

IDAMIR.

Les Dieux trop grands ne font point offenſés ;
Le ſouffle de l'impur ne ternit point leur gloire ;
Les remords dans ſon cœur le tourmentent aſſez.

ESRAIM.

Périſſe à jamais ſa mémoire !

OTAMBO.

Une prompte ſévérité
Prévient ſouvent des attentats coupables ;
Par des exemples mémorables
Le méchant dans le crime eſt toujours arrêté.

IDAMIR.

La paix qui vient d'être jurée,
Rétablit une loi qui chez nous eſt ſacrée ;
Sur Altemar nous ſommes ſans pouvoir.
Il naquît Illinois..... Notre premier devoir
Eſt de le rendre à ſa patrie,
Qui punira ſa perfidie.
Que par ſes Pairs il ſoit jugé ;
Tout jugement qui couvre d'infamie,
Par les Pairs ſeuls doit être prononcé.
Il n'en eſt pas ainſi du Peuple Oſage.....
Echangeons leurs captifs avec ces Africains,
Courbés ſous les fardeaux des Planteurs inhumains.

'Amis, que le Sauvage
Fasse honte à l'Européen ;
Et lui fasse abolir un indigne servage.
Qu'instruit par vos vertus, il se convainque enfin
Que le bonheur existe où réside le sage.
Que le premier des arts, l'utile labourage,
Imprime à tous les droits du Citoyen.

FLORIDA.

Tu me fais verser des larmes ;
Ta douce & sainte humanité,
A mon époux prête ses charmes....

IDAMIR.

Si de ma Nation j'ai suspendu les armes,
Florida, mon succès n'est dû qu'à ta beauté.

CHÉROKIS.

Reçois de nous la couronne,
Nous voulons vivre sous tes loix ;
C'est l'amour qui te la donne,
Tu seras le premier des Rois.

IDAMIR.

Me proposer une couronne,
Chérokis, vous n'y pensez pas ;
Que je gouverne vos Etats ?...
Idamir monter sur le trône !

CHÉROKIS.

CHÉROKIS.

Reçois de nous la couronne.

OTAMBO.

Le premier qui Roi ne fut pas conquérant ; *fut
Peut-être il fut soldat, mais soldat bienfaisant.
Le choix seul des guerriers, la volonté des braves,
Peuvent donner un maître à des troupeaux d'esclaves...
Mais le peuple vaincu, par les temps éclairé,
Reconnoît ses tyrans, reprend sa liberté,
La cède avec transport au Prince qui la donne ;
Et sur un front humain affermit sa couronne.....
  D'être francs nous avons l'honneur ;
  Nous sommes libres sans licence,
  A toi nous devons ce bonheur.
  Nous couronnons en toi, la vertu, la valeur,
    La bonté, la bienfaisance.....
Qu'Idamir bienfaisant soit Roi législateur.

CHÉROKIS.

Vive le Roi !

IDAMIR.

    Vive mon peuple ! mes enfans !
Je ne puis résister, à vos vœux je me rends.

CHŒUR.

Que Florida toujours à notre Roi soit chère,

D

Qu'ils s'aiment & règnent long-temps ;
De nos vieux ans,
Qu'ils éloignent la misère ;
Idamir, Florida, recevez nos sermens.
(*Cérémonie du couronnement d'Idamir & ballets*
entremêlés de chants.)

IDAMIR.

L'Amérique devient un immense héritage
Appartenant à tous & jamais divisé,
Sur lequel le Sauvage
Et l'homme civilisé,
Rappelleront la simplicité
Des vertus du premier âge.

GUERRIERS ILLINOIS.

Nous renonçons
Aux sanglantes conquêtes ;
Nous préférons
De plus paisibles fêtes.
Que la sainte humanité
Soit le pénate du ménage ;
Et que celui qui, sans partage,
La servira, survive à la postérité.

CHŒUR GÉNÉRAL.

Astre du jour, reçois notre prière ;
Nous jurons, devant toi, d'être unis à jamais.

Sur l'un & l'autre hémisphère;
Daigne étendre tes bienfaits ;
Qu'en Europe & dans nos forêts
L'homme dans l'homme trouve un frère.

F I N.

De l'Imprimerie de COUTURIER, quai des
Augustins.

www.ingramcontent.com/pod-product-compliance
Lightning Source LLC
Chambersburg PA
CBHW060840180626
46818CB00004B/1521